Claudia Micheli

Bis der letzte Schnee von dir auf mir geschmolzen ist

Claudia Micheli

Bis der letzte Schnee von dir auf mir geschmolzen ist

Ein Roman über die Heilung eines gebrochenen Herzens

Impressum

Bibliografische Information der Deutschen Nationalbibliothek:
Die Deutsche Nationalbibliothek verzeichnet diese Publikation in der
Deutschen Nationalbibliografie; detaillierte bibliografische Daten sind im
Internet über http://dnb.dnb.de abrufbar.

© 2019 Claudia Micheli

Cover: Claudia Micheli

Herstellung und Verlag: BoD – Books on Demand, Norderstedt

ISBN: 9783738604610

Für alle gebrochenen Herzen, die glauben, es würde für immer so bleiben.

VORWORT

Ich habe beschlossen, ein Buch über uns zu schreiben. Nämlich genau jetzt, als sich fast die Zeit, die wir zusammen waren, jährte, schmolz ein weiteres Stück Schnee von dir auf mir. Ich konnte mich von den dir in all den Jahren nicht gesendeter Zeilen nun endlich verabschieden. Das Gefühl war jetzt einfach da. Das, was ich lange zuvor als letzten Schatz von dir gehütet hatte, durfte nun auch gehen. Doch zuvor will ich diese Zeilen in einem Buch festhalten und ich spüre, wenn die letzte Seite geschrieben sein wird, kann sich dieses Kapitel meiner Vergangenheit nun endlich ganz schließen.

Meine Zeilen an dich sind mit Versen von Liedern versehen, da es genau diese waren, die mich durch diese Zeit trugen und hielten, verstanden und auffingen.

Das Buch besteht aus zwei Erzählperspektiven. Einerseits aus der schmerzvollen Stimme, die von der Zeit, als du gegangen bist, erzählt. Andererseits aus der Weisheit, die nach dieser gleichen Zeitspanne, die uns einst verband, entstand. 10 Jahre. Weisheit kann man nicht studieren, lernen oder aktivieren. Sie entsteht durch ein Zusammenspiel von psychologischen, physiologischen, mentalen, biologischen, emotionalen und temporalen Erlebnissen und Prägungen. Weisheit kommt zu dir, wenn du dich für die uns alle ewiglich vereinigende Liebe öffnest und ihr vertraust. Wenn du verstehst, dass dein Leben einen karmisch kausalen Anfang und ein Ende hat, sowie einen Seelenplan, den du selber im Jenseits wähltest. Einen Seelenplan, den du durch all deine Wahrnehmungen und Erlebnisse verfolgst. Und wenn die Weisheit dann zu dir kommt, ist alles so klar, so kristallklar wie der reinste Gebirgsfluss, so klar, dass jegliche anders verbrachte Zeit, in Unklarheit und Verblendetheit, im Nachhinein nur schwer zu verstehen ist. Doch die Weisheit weiß, dass sie deshalb nun nur Einkehr haben darf, weil alles zuvor erlebt, akzeptiert worden und Raum haben durfte. Mit der Klarheit der Weisheit stellt sich Leichtigkeit ein. Leichtigkeit, um nun Dinge für immer gehen zu lassen.

Im Verlauf des Buches finden sich auch immer wieder Gedichte, die im Zuge vieler nicht versendeter Zeilen an dich entstanden sind. Hier finden sie ihren Platz.

Inhaltsverzeichnis

PROLOG: ICH VERMISSE DICH NUR, WENN ICH ATME

Das Schrägste, das ich jemals erlebte: Alles ändert sich (schlagartig), doch ebenso bleibt alles auch gleich.

Heute weiß ich: Wäre ich dieser Disharmonie nachgegangen, dieser Frage, warum alles gleich trotz einer so großen Veränderung blieb, die mich eigentlich so sehr beschäftigte, hätte ich dich zu einem viel früheren Zeitpunkt bereits gehen lassen können. Wenn alles gleich bleibt, ist ein Gehen stimmig.

Mein Zuhause hat mich verlassen, doch ich gehe noch immer abends hungrig und leer in dasselbe Bett und wache hierin morgens wieder erschlagen und ängstlich zugleich vor dem neuen Tag ohne dich auf. Ich habe mein Zuhause verloren, doch noch immer ein Dach über dem Kopf und eine Decke, die mich nachts warmhält. Wie passt das zusammen? Die Hälfte meines Herzens schlägt jede Sekunde für dich weiter und am Ende des Tages sind es 86.400 Sekunden, die ohne Widerhall Energie zu dir verströmten. Die Hälfte meines Herzens wird zu Eis und dennoch pumpt es das Blut warm und gesund in meinen funktionierenden Körper. Wie passt das zusammen? Ich koche aus denselben Töpfen dieselben Gerichte, doch dein Teller bleibt leer. Wie passt das zusammen?

Du gingst, doch mein Leben geht weiter. Es hat mich auch nicht gefragt, ob es das soll, es tut es einfach. Und erstaunlicherweise genauso wie vorher. Nur eben ohne dich. Wie passt das zusammen? Wollte ich das nicht, hätte ich mit dir gehen müssen. Doch nicht jetzt und niemals zuvor in meinem Leben wäre dies eine wählbare Option gewesen. Also hier bin ich nun. Ohne dich. Aufgewacht aus einem Albtraum, der sich auch nach den ersten Wachstunden nicht doch noch als reines Hirngespenst enttarnt. Zu erkennen, dass man das Leben als Albtraum, aus dem man nicht aufwachen kann, empfindet, macht dich zur Hülle, zu einem Roboter, einem Schatten. Ich wünsche so viele Tage so sehr, ich würde doch noch aufwachen!

Jetzt bist du weg und für mich ist genau alles anders – und alles ebenso gleich. Alles um mich herum tickt nach derselben Uhrzeit und nach denselben Jahreszeiten. Meine Firma existiert heute genauso wie gestern und meine KundInnen hören meine Stimme so, als ob das gestern gar nicht gewesen wäre. Wieder dieses Gefühl eines Albtraums. Wenn andere mich ebenso gleich wie zuvor erleben und nur ich all das in mir anders wahrnehme, dann kann das doch nicht die ganze Wahrheit sein?

Hier erkenne ich 10 Jahre später wieder das enorme Potential dieser Fragestellung, der ich zu diesem Zeitpunkt nicht nachgegangen bin. Ich war verblendet durch meinen Schmerz, verblendet, die Wahrheit nicht zu sehen. Die Wahrheit, dass ich auch ohne dich ganz bin.

Auch unser Kind strahlt mich genauso fröhlich unser nächstes Spiel erwartend wie gestern an. Alle erwarten mich. Doch ich habe doch eigentlich keine Zeit, denn ich muss doch weinen um dich? Doch das interessiert niemanden. Niemand fragt nach meiner Zeit und niemand hat mehr davon übrig. Doch ich müsste jetzt zweimal so viel Zeit haben. Eine, um nach dir zu trauern und eine, um ohne dich weiterzuleben.

Dass meine Umwelt mich ebenso gleich wie zuvor behandelte, war nicht etwa lieblos oder unachtsam, sondern zeigt mir im Nachhinein ebenso das auf, was ich nicht erkennen wollte: Alles ist im richtigen Fluss.

Es ist wie eine Lawine, die mich überschüttete. Doch niemand sieht mich liegen. Also wird mir auch niemand hochhelfen. Ich habe keine Wahl. Ich stehe wieder auf, ganz alleine, breche durch die Schneedecke und bestreite meine Tage, als ob sich nichts geändert hätte. Als ob nicht mein Leben soeben auf mir zusammengebrochen wäre. Dass ich von dir noch schneebedeckt bin, sehen die anderen nicht, doch ich spüre ihn und es wird zehn Jahre dauern, bis dieser letzte Schnee von dir auf mir wieder gänzlich geschmolzen sein wird. Und ich weiß, erst dann, wenn diese andauernde Jahreszeit in mir vorüber sein wird, erst dann, wenn all dieser Schnee geschmolzen sein wird – und ich weiß heute noch nicht, wie viele Sonnenstrahlen es dafür brauchen wird - erst dann wird mein Herz wieder im Takt einer neuen Jahreszeit zu schlagen beginnen, eine neue Melodie spielen. Bis dahin lerne ich mit diesem

Schnee auf mir zu atmen und ich vermisse dich auch nur dann, wenn ich atme.

Kalt ist es hier
Was ist geschehen
Ich will aufstehen
doch sehe nur Nebel
Meine Haut schmerzt
Ich greife ins Leere
Eine Schwere wie aus Beton
wie eine Atempause
der der nächste Atemzug fehlt
wie ein letzter Herzschlag
Wo ist das passende Werkzeug
für diese nicht sichtbar riesige Wunde

Du liebst mich also nicht mehr, jetzt, plötzlich, von heute auf morgen, zumindest für mich. Nun gut, diesen Satz nach zehn gemeinsamen Jahren, einer Ehe und einem gemeinsamen Kind, einer Familie, einem Daheim und einer Geschichte zu verstehen, zu akzeptieren, zu KAPIEREN, ist das eine. Das andere wäre jetzt: Dann liebe ich dich jetzt auch nicht mehr und weiter geht's. Denn dann wäre es nur fair und gerecht und einfach und wir könnten beide wieder den Tanz des Lebens weitertanzen, nur jeder nun in seiner eigenen Melodie. Und ich müsste diese Schmerzen nicht spüren.

Doch es geht nicht. Ich liebe dich natürlich noch immer. Genauso wie vor zehn Jahren und wie gestern noch, als du mir sagtest, es ist aus, denn es gäbe eine andere, die du jetzt willst.

Und jetzt bist du weg und alle sagen mir, du bist der Böse und der Schlimme und ich soll doch auch böse auf dich sein und dich so schnell wie möglich vergessen, denn so etwas habe ich nicht verdient. Ich spüre noch immer meinen Schnee und bin noch immer sehr viel stumm und taub davon. Diese Stimmen bekommen keine Antwort von mir, denn ich verstehe nicht, was sie mir sagen wollen. Ich liebe dich so sehr, dass ich wie zuvor jeden deiner Schritte liebe, nun sind es eben welche in eine andere Richtung, doch meine Liebe kennt keine Nuancen. Immerhin in einem scheine ich sehr gut zu sein: Ich bin nicht böse und ich kann dich gehen lassen. Liebe(n) heißt loslassen. Nur ein Satz. Doch jetzt in diesem Wahnsinn erfahre ich seine Wahrheit. Doch wieso kann ich das? Ich will dich ja bei mir, bei uns haben. Wieso verdammt nochmal kann ich genau das, was ich eigentlich nicht will?

Und auch hier sehe ich 10 Jahre später wieder das Potential meines Wahren Selbst, das ich bereits zu diesem Zeitpunkt gehabt habe, dich gehen zu lassen. Doch mein Ego wollte sich noch einige Zeit länger austoben im Sog von Selbstmitleid und Melancholie-Verliebtheit.

Wieso wollen Menschen, dass ich böse bin? Diese Art der liebevoll gemeinten Unterstützung belastet mich zu sehr. Ich weiß, ich bin Liebe und gut und niemals wollte ich anders sein. Sie verunsichern mich. Deshalb sind es jetzt vielmehr Lieder und Gedichte, dir in stillen, einsamen Stunden verstehen und wiedergeben, was ich gerade fühle. Und ich lege mich hinein, in ihre Zeilen, in ihre Rhythmen und bin so froh, dass es sie gibt, nachts decke ich mich mit ihnen zu. Es ist so gut, wenn es jemanden gibt, der einen immer versteht. Und ich liebe dich nun fortan im Geheimen weiter.

"Liebe will nicht
Liebe kämpft nicht
Liebe wird nicht
Liebe ist
Liebe sucht nicht
Liebe fragt nicht
Liebe ist
So wie du bist"
NENA - LIEBE IST

Ich kann es auch nicht ändern. Ja, Liebe i s t, trotz allem. Und es tut zugleich so fürchterlich weh, jemanden zu lieben, der nicht da ist.

KAPITEL 2: ZURÜCKGELASSEN

Das Schlimmste ist, zu erleben, dass sich die Dinge ungefragt ändern. Wir hatten gemeinsam geplant, wir haben uns vor Gott ein gemeinsames Leben geschworen. Und jetzt gehst du einfach, ohne zu fragen, ob das auch für mich okay ist? Gestern war die Hälfte deiner Aufmerksamkeit immer auch auf mich gerichtet, aus und in Liebe. Heute entziehst du mir deine Aufmerksamkeit so sehr, dass meine Existenz, meine Bedürfnisse und Wünsche plötzlich völlig irrelevant für dich sind. Gleichzeitig trägst du noch meinen Ring und ich deinen. Wie kann man jemanden, den man gestern doch noch liebte, so verletzen? Es tut so unendlich weh.

"And if you have to leave
I wish that you would just leave
Your presence still lingers here
And it won't leave me alone
These wounds won't seem to heal
This pain is just too real
There's just too much that time cannot
...I've tried so hard to tell myself that
you're gone
But though you're still with me
I've been alone all along

erase
But you still have All of me
You used to captivate me
By your resonating light
Now I'm bound by the life you left
behind"

EVANESCENCE - MY IMMORTAL

10 Jahre später erkenne ich von einer höheren Bewusstseinsebene, dass alles seine Zeit hat und mein Mann ein wahrer Held war, dass er diesen steinigen und (für alle) schmerzhaften Weg gegangen ist. Er fühlte sich zu anderem berufen und folgte diesem Ruf. Bitter für mich und unsere Familie, aber ehrlich.

KAPITEL 3: LIEBE

"Es ist Unsinn
sagt die Vernunft
Es ist was es ist
sagt die Liebe

Es ist Unglück
sagt die Berechnung
Es ist nichts als Schmerz
sagt die Angst
Es ist aussichtslos
sagt die Einsicht

Es ist was es ist
sagt die Liebe

Es ist lächerlich
sagt der Stolz
Es ist leichtsinnig
sagt die Vorsicht
Es ist unmöglich
sagt die Erfahrung
Es ist was es ist
sagt die Liebe."
ERICH FRIED – WAS ES IST

Fazit? Undefinierbar? Was soll es denn dann überhaupt, außer uns verrückt machen?! Verharrend in diesem Tal der Verwirrung überkommt mich eine pessimistische Ansicht der Dinge.

Wie soll wahre Liebe Liebe sein ohne ein Happy End? Warum werden solche Filme zum Beispiel überhaupt gemacht?

Liebe ist allgegenwärtig und genügt sich selber. Liebe ist immer da. Die einzige wahre Liebe ist die bedingungslose Liebe. Und ohne jegliche Bedingung kann Liebe auch nur aus einem einzigen Moment zwischen zwei Menschen bestehen.

KAPITEL 4: WUNSCHVORSTELLUNGEN

Wow. Ich bin sprachlos. Selbst ein P Diddy kann mehr Mann sein? Ich hänge in Wunschvorstellungen, dass du ganz schnell alles bereust und wieder zur Vernunft kommst und zu uns zurückkehrst. Ich glaube, das ist es jetzt, was man „in Selbstmitleid baden" nennt. Wow, ich gelange jetzt also wirklich an alle nur möglichen emotionalen Enden und Ecken. Diese krankhafte und wahnhafte Selbstverliebtheit hält mich Jahre gefangen.

Ich höre Lenny Kravitz und wünsche mir wahnhaft, das Lied käme im Radio und du hörst es auch und kommst dann wieder zu mir zurück.

Dieser Zustand sollte über Jahre andauern. Songtexte, die in der Wiederholungsschleife laufen. Ich will sie nicht mehr hören! Doch es dauerte Jahre, ehe ich den Stopp-Knopf dafür finden konnte.

Ohhh the reason I hold on
Ohhh cause I need this hole gone

RIHANNA - STAY

Nach einigen Jahren und einer gewissen langsamen sich einstellenden weiteren (Persönlichkeits-)Entwicklung stelle ich mir langsam die Frage: Ist dieser Zustand von mir gewollt? Denn lieber mit Erinnerung als alles neu ohne leben? Oder ungewollt, denn gefangen? Es dauerte erneut Jahre, darauf auch nur ansatzweise eine Antwort zu vernehmen.

Im Nachhinein frage ich mich, wie dumm ich eigentlich war, zu glauben, ich könnte glücklich sein, weil ich mit deinen Erinnerungen lebte und daher lieber keine neuen schuf. Zugleich denke ich, dass diese Liebe, unsere Verbindung einfach für mich noch so spürbar war, dass es zu diesem Zeitpunkt anders einfach nicht möglich war.

Bitch! Hure! Trampel! Ich habe alle Worte für dich! Die Meisterin des ordentlichen Sprachgebrauches wird ordentlich herausgefordert und verliert eindeutig. Am meisten drehte sich mir der Magen um, als du mir sagtest: „Sie erinnert mich an dich, als du noch jung warst." Verdammt nochmal, ich bin 28 Jahre jung, von was verdammt nochmal sprichst du??? Ja, sie ist zwar erst 17, aber verdammt du bist 30 und ich 28. Die dumme, naive Nuss in mir hofft jetzt schon darauf, wenn sie 28 ist, dass du dann wieder zu mir zurückkommst. Deine Affären-Liebe mit einer Midlife-Crisis zu vergleichen, bringt mich leider auch nicht weiter. Schließlich gehst du wegen ihr. Du gehst!! Du gehst?? Ja, du gehst. Der größte Verlust meines Lebens.

Bevor du gehst, als du monatelang noch bei mir im Bett schläfst, greifst du mir eines Nachts zwischen die Beine, starrst mich an und sagst: „What`s your name?" An diesem Punkt habe ich wahrscheinlich den absoluten Höhepunkt dieser Tragödie erreicht und ich frage mich, ist das alles nur ein verdammt beschissener fucking Film????

Liebe Grüße aus der heutigen Perspektive. Ja, heute weiß ich, es ist alles nur ein Film. Alle unsere irdischen Erfahrungen sind Illusionen, Träume unseres Wahren Selbst, bis es wieder in der göttlichen Einheit eins mit allem wird. Dies zu diesem Zeitpunkt zu akzeptieren, hätte mir sehr viel Energie gespart. Aber man inkarniert nun mal nicht erleuchtet.

And if you have to leave
I wish that you would just leave
Your presence still lingers here
And it won't leave me alone

Word. Und fuck! Gefangen? Wenn ja, von was? Dem nicht-Loslassen-Wollen? Dem Selbstmitleid? Der Hoffnung? Der fehlenden Aussicht auf Veränderung?

Now I'm bound by the life you left behind

Ich will so nicht leben! Du engst mich ein, du belastest mich, du nimmst mir Raum – obwohl du gar nicht da bist!!! Ich will das nicht!!! Und doch...

Ich weiß und doch weiß ich es nicht, dass und ob es anders sein sollte. Dauert es wirklich solange, wie es gehalten hatte? Noch weitere 6 Jahre? Was bin ich dann? Ein erleuchteter Guru? Oder ein Wrack? Mal ist es besser. Mal nicht. Doch, egal wie es ist, die Basis ist immer dieselbe. Die Basis bist immer du, tief in mir, mindestens immer verborgen. Doch, ja, ich weiß, dass es falsch ist! Denn alles, was in mir sein sollte, alles, was ich strahlen sollte, bin ich selber. Du hast da nichts verloren! Du musst da wieder rausgehen. Wie das geht, das weiß ich auch: Ich muss mich endlich von dir verabschieden. Aber wie???? Ich will dich nicht verlieren. Du bist ein Virus, der mich zusammenhält. Bitte bleib.

Anhaften erzeugt Leid. Anhaften besteht aus unheilsamen Handlungen wie etwa Begierde, Habgier oder Missgunst. Jeder Moment ist neu und was bei mir sein soll, weil es jetzt zu mir gehörig ist, ist es auch. Man kann deshalb nichts verlieren.

Warum habe ich es noch immer nicht, mich von dir verabschiedet?? Weil ich mich dann erst selber neu erfinden muss? Muss ich das überhaupt? Zuerst muss ich das herausfinden, klären. Erst dann kann ich wieder ins Wasser springen.

Wie und wo
geht es weiter
wenn
auf einmal
der Boden unter den Füßen
weg ist
und doch
die Gesetze der Schwerkraft
weiter wirken

Wie geht es weiter
wenn man
den Sinn des Lebens
gefunden hat
der dann aber wieder verloren ging
Wie findet man neuen Sinn
ohne sich selbst dabei neu zu erfinden
Oder muss man das

KAPITEL 7: GEFANGEN

Die letzten drei Jahre waren nur ein gänzlicher Betäubungsversuch von dir, soviel ich, doch immer nur du? Ich bin am Anfang. Nach 1095 verstrichenen Tagen. Ausgedrückt in einem bildlichen Gleichnis habe ich diese auf einer Luftmatratze verbracht, auf offener See, bei hohem und stürmischem Wellengang.

Angefangen haben diese jedoch noch wie ein Abenteuer, nach dem Motto, oh, es passiert etwas ganz Neues, interessant! Der positive und abenteuerlustige Schütze in mir wollte sich nämlich wirklich in das nicht selbst gewählte Abenteuer stürzen und ist bis dato tatsächlich gestürzt. Und nach 1095 Tagen so viele Kilometer, doch keinen Schritt weiter gegangen.

Eine Luftmatratze
so fein am Strand
aber ich will weg
von ihr
Ich will weg
von dieser Luftmatratze
auf die ich hinausgeworfen wurde
Keiner hat mich gefragt
ob ich mit will
Jetzt ist sie auf hoher See
mit mir
und Wellengang

den ich nicht beherrsche

Ich halte Ausschau
nach Land
einem Steg
denn
ich will hier nicht bleiben

How can I just let you walk away, just let you leave without a trace
When I stand here taking every breath with you, ooh
You're the only one who really knew me at all

How can you just walk away from me, when all I can do is watch you leave
Cos we've shared the laughter and the pain and even shared the tears
You're the only one who really knew me at all

So take a look at me now, cos there's just an empty space
And there's nothing left here to remind me,
just the memory of your face
Just take a look at me now, well there's just an empty space
And you coming back to me is against the odds and that's what I've got to face.

I wish I could just make you turn around,
turn around and see me cry
There's so much I need to say to you, so many reasons why
You're the only one who really knew me at all

So take a look at me now, well there's just an empty space
And there's nothing left here to remind me, just the memory of your face
Just take a look at me now, cos there's just an empty space

But to wait for you, is all I can do and that's what I've got to face
Just take a look at me now, cos I'll still be standing here
And you coming back to me is against all odds
It's a chance I've got to take.
Just take a look at me now.

Wie wünschte ich, du könntest dies tun. Mich heute sehen. Noch immer denke ich, ich kann nicht ohne dich sein. Und dass, wenn du mich heute siehst, du dich wieder in mich verlieben würdest.

Ich funktioniere, neu angekommen bin ich aber immer noch nicht. Wann kommt man überhaupt an? Und muss man das überhaupt? Ich hatte ein Zuhause und einen Platz, als der weg war, ging ein Teil von mir verloren.

Es sollte zehn Jahre dauern, bis ich erkannte, wie gesund das, einen Teil zu verabschieden, war und nicht schrecklich traurig. Ich dachte, ich müsste diesen Teil wieder fangen bzw. zumindest in Erinnerung halten - und dies war so mühsam und schwierig.

Wer will ich sein, wer bin ich? Ich wusste es, doch jetzt nicht mehr? Was bin ich noch, außer einer liebenden Mutter? Ohne dich finde ich mich nicht zurecht. Du bist so sehr mein Fehlendes! Doch wie kann ich ganz sein, wenn dein Fehlen die Konstante ist? Wie mache ich dein Fehlen wieder zu meinem Ganzen? Das Viele in mir ist ohne Anordnung. Weil ich ohne dich auch gar nichts anordnen will!! Denn ich will ja niemand anders sein, als die, die ich war, mit dir. Und: Ich liebe dich noch immer so sehr. Und immer wieder dieselbe präsente Frage: Liebst auch du mich noch immer genauso? Heimlich und in Wirklichkeit? Verrenne ich mich vollends oder ist es doch genauso?

Wie ist man ganz
wenn ein Fehlen die Konstante ist
das Viele in einem
ohne Anordnung ist
Wie macht man Fehlen
zu einem
Ganzen

KAPITEL 8: TRÄUME

Aus alle dem ist es vermutlich auch nicht weiter verwunderlich, dass du mir auch in meinen Träumen erscheinst. Wenn du in meinem Traum bist, sind diese sehr klar und deutlich, klarer als sonst. Dazu warm und gefühlsvoll.

In einem Traum holst du unseren Sohn. Wieder dieser Blick zwischen uns. Doch dieses Mal gebe ich mir nach, denn ich kann es nicht länger verbergen. Du siehst es und erwiderst meinen Blick durch ein verständnisvolles und mitfühlendes Sehen in meine Augen. Diesen Akt der Menschlichkeit ergreifend nehme ich deine Hand und halte dich fest, als du gerade mit unserem Sohn gehen willst. Als ob du damit gerechnet hättest, nimmst du mich sogleich in den Arm. In deinen Armen sage ich dir, das Weinen versucht zu unterdrücken: „Ich liebe dich. Ich liebe dich so. Noch immer." Du lächelst erfreut und sagst sofort: „Ich weiß. Ich dich auch. Es tut mir so unsagbar leid. Ich bin so schnell gerannt, alles nahm zu schnell seinen Lauf. Ich kann jetzt nicht mehr raus." Ich sage: „Ich weiß."

Wann denke ich nicht an dich
Ich denke immer
in jeder Sekunde
an dich
spüre dich
brauche und
vermisse dich
will dich bei mir haben
deine Sonne sein
dir geben
schreibe dir jeden Tag
nicht versendete Zeilen
Ich liebe dich
Denkst auch du an mich

Als ich merke, du kommst nicht zu mir zurück, frage ich mich plötzlich und quäle und geißle mich damit selbst, ob ich vielleicht zu wenig um dich gekämpft habe. Ich will einen Schuldigen suchen, fühle mich als Versagerin und als Schuldige. Ich habe dich einfach gehen lassen, vor lauter Liebe. War das etwa doch genau falsch???

So schreibe ich dir manches Mal E-Mails und bettle um deine Rückkehr:

„Ich will mit dir stark sein, dir alles geben und auch Freiräume, deinen eigenen Atem. Das kannst du auch bei mir. Ich verspreche dir das.

Ich verliere alles, was ich jemals haben, hüten wollte. Du bist für mich das Einzige, alles. Es kann mir niemals egal werden, die besten Jahre meines Lebens, für immer aufs Eis gelegt. Wir beide wollten für immer zusammen sein, um alles in der Welt. Bei mir hat sich das nicht geändert, dementsprechend ist jeder Tag einfach nur ein ganz schrecklicher.

Ich wünsche mir eine faire Chance. Gemeinsam nach London fahren oder Essen gehen oder whatever. Ich wünsche mir Zeit mit dir. Du bist von heute auf morgen weg von mir, ich verkrafte doch das nicht."

Ich bin verletzt, verwundet, blutend – aber Liebe kennt kein Verzeihen. Das ist es, was ich selber erfahre.

Denn die betroffenen Gebiete
vermissen deine Liebe
Die betroffenen Gebiete vermissen
deine Liebe

Wir wussten dass du gehn musst
Du folgst dem Duft deiner Sehnsucht
Vielleicht kommst du wieder zurück
Wann kommst du nur wieder zurück?

Denn die betroffenen Gebiete, wie
mein Herz und mein Kopf und meine
Geist, vermissen deine Liebe
Wir fürchten dass die Zeit uns nicht
reicht
Denn die betroffenen Gebiete, wie
mein Herz und mein Kopf und meine
Geist, vermissen deine Liebe
und ich weiß dass mein Herz mir
zerreißt

Ich erinner mich fast nicht an dein
Gesicht
Wie lang ist es her, das du gegangen
bist?
Viele Leben mussten enden, du willst
deines riskieren
In betroffenen Gebieten kann doch
jeder nur verlieren.
Bei Tag wird geschossen und bei
Nacht wird geschossen und täglich
werden Menschen mit Blut
übergossen.

Du warst die schönste Begegnung,
eine Frau wie eine Segnung
Der unvergesslichste Moment meines
Lebens
doch dann kam der Regen

XAVIER NAIDOO – DIE
BETROFFENEN GEBIETE

Mit dir war es, als küsste und heiratete der Himmel das Meer, dort, am Horizont. Zumindest dachte ich es mir so.

Wir haben uns gefunden, als ich als junges Mädchen von der großen weiteren Welt und ihrem eigenen Platz darin träumte. Dass ich dabei einen Prinzen an meiner Seite haben sollte, wäre die Krönung meiner Träume gewesen, doch nicht zwingend notwendig. Eigentlich wollte ich zuerst für mich die Welt entdecken und erleben. Doch genau dann kamst du. Ich war 16 und verliebte mich in dein Wesen. Ich war 18, als wir ein Paar wurden und uns schon nach wenigen Monaten die Treue für immer schwuren. Ich war glücklich, geliebt zu werden und einen so lieben und guten Mann gefunden zu haben. Wie meine Oma mit meinem Opa wollte ich immer fortan nur noch an deiner Seite bleiben. Dass du dies auch so wolltest, hast du mir auf hunderte verschiedene Weisen gezeigt. Du hast mit mir Zeit verbracht, mir Liebesbriefe geschrieben, mir Geschenke gemacht, du hast dein Leben nach mir ausgerichtet, du hast mich geheiratet und mit mir ein Wunschkind gezeugt. Du hast jede Nacht neben mir verbracht und wir haben gemeinsam Dinge erlebt, aber auch den Alltag im Wohnzimmer genossen. Ich war lebendig an deiner Seite und das Schönste war, dass mein Leben jeden Tag einen Sinn hatte.

Ich machte rückblickend den Sinn m e i n e s Lebens von einem anderen abhängig. Dass mein Leben für mich ganz alleine Sinn gibt, verstehe ich erst heute, ohne dich.

Meine schönste Erinnerung mit dir ist nach einer lustigen Nacht voller Gespräche nur zu zweit draußen in der Wiese liegend, bis es dunkelte und wir eingeschlafen sind, von dir im Arm gehalten. Eine leere Sektflasche und eine Picknickdecke rundeten das Bild eines verliebten Paares ab. Auch deine Eltern konnten uns in jener Nacht nicht wecken und so verbrachten wir die Nacht aneinander gekuschelt und uns dadurch wärmend draußen.

Doch dann
kam der Wind auf
und bedeckte
die Spuren unserer Liebe
die einst das Eis
in unseren Herzen
geschmolzen hatte
Und nun lässt er vergessen
dass es jemals anders war

Die Sonne
wurde zu Feuer

und das Wasser zu Eis
und von der Ferne
hörtest du mich
unser Lied singen
und du wünschtest
dass du mitkommen könntest
um gemeinsam
an den Ort zu fliegen
an dem wir zusammen sein können

KAPITEL 11: UND IMMER WIEDER BRIEFE AN DICH

Was macht man, wenn man jemandem noch so Vieles zu sagen hätte, aber die Person nicht da ist. Man schreibt ihr – viele nicht versendete Zeilen. Zumindest ich.

Und auch, wenn du schon weg bist von mir, meine Angst, dich ganz zu verlieren, zerfrisst mich. Ich will dich nicht vermissen und verlieren.

Tage vergehen wie im Flug. Langsam wird es normal, dass du uns/ mich verlassen hast. Um weiterzukommen, muss ich loswerden, was seit 21. März anders wurde.

Ich vermisse so Vieles. Ich vermisse es, dein schönes, warmes Gesicht zu berühren, deinen von mir geliebten Bart zu spüren, dir durch die Haare zu fahren. Ich vermisse es, in deinem Arm zu sein. Sicher gehalten zu werden, einen Platz zu haben. Ich vermisse es, mit dir Seite an Seite zu sein, zu leben, das Leben zu bestreiten. Ich vermisse dich. Unendlich. Es ist, als ob du tot wärst. Ich kann nicht ohne dich. Und schon gar nicht will ich es.

Ich weiß nicht, wie ich es aushalten soll. Wie ich es ertragen soll. Wie ich weitermachen soll. Ich habe kein Leben mehr. Keinen Halt. Keinen, der mich liebt und beschützt, der für mich da ist und an meiner Seite. Das ist kaum zu ertragen.

Du hast mir alles genommen, alles, was für mich zählte, alles, an was ich glaubte. Wieso hast du mich verlassen? Wieso lässt du mich alleine? Was habe ich, dass ich nicht wertvoll bin? Was treibt dich weg von mir? Wieso passt du nicht mehr auf mich auf?

Ich erlebte durch dein Fortgehen einen Selbstwerteinbruch. Aus heutiger Sicht vermutlich deshalb, weil ich meinen Wert vor dir noch gar nicht entdeckt hatte, für mich. Erst durch dein Gehen erhielt ich das Geschenk, meinen eigenen Wert zu entdecken. Ich danke dir.

Was war an unserem Leben bloß so schlecht, oder nicht schön? Was übersehe ich? Ich dachte, wir waren glücklich. Ich dachte, wir waren so froh und stolz, uns zu haben, unser Leben und unsere Zukunft. Bereust du unsere Vergangenheit, jemals mit mir zusammen gewesen zu sein? Hast du mich nicht geliebt? Was habe ich nur an mir? Wieso sagten wir uns, wir wollten für immer miteinander sein? Wieso willst du es nicht schaffen mit mir? Was habe ich nur getan? Ich dachte, es gut zu machen und ich wollte es gut machen. Jeden Tag unserer gemeinsamen Jahre. Ich war so glücklich. So glücklich. Und auch so dankbar. Was ist bloß der richtige Weg, um dich wieder zurückzugewinnen? Was kann ich falsch und was richtig machen? Soll ich cool, happy und unnahbar sein oder dir ehrlich zeigen, wie es mir geht? Soll ich dir nahe sein oder weit weg? Ich habe dich verloren. Aber warum? Ich kann es nicht glauben und will es nicht wahrhaben, also lebe ich fortan in einer Schattenwelt. Ohne Licht, ohne Glück, ohne wahre Freude. Ich will nicht loslassen. Ich will nicht. Wieso verdammt nochmal soll ich das Schönste in meinem Leben fortwerfen, streichen, vergessen? Was wäre ich für ein Mensch? Lieber ein Leben ohne dich, aber mit Erinnerung an dich, als ein Leben völlig ohne dich. Ich kann nicht ohne dich. Ich habe nichts mehr. Ich fühle mich so leer und unbelebt, so halb und so einsam. Ich brauche dich. Aber genauso viel will ich auch geben. Keinen einzigen neuen Partner könnte es geben, der dich jemals ersetzen könnte. Der mir jemals das bedeuten könnte, was du tust. Ich war der glücklichste Mensch, dich als Partner, Freund, Ehemann, Geliebten zu haben. Und jetzt ist alles weg. Wieso? Wieso willst du nicht mehr mit mir zusammen sein? Ich habe so viele Fragen, fühle so viel, aber du bist der Einzige, der jetzt für mich da sein könnte, dem ich all das anvertrauen könnte, aber du bist nicht da. Wie soll ich nur jemals wieder ganz werden? Ohne dich niemals. Niemals. Das Einzige, was ich noch habe, ist, in einsamen Stunden meine Gefühle zu niederzuschreiben.

Ich schäme mich, denn der einzig für mich stimmige Vergleich deines Verlustes ist der Tod. Ich schäme mich, weil andere Menschen durch den Tod einen geliebten Menschen verloren haben, du aber lebendig bist. Doch für mich fühlt es sich genauso an. Von heute auf morgen bist du gegangen. Von heute auf morgen konnte ich dich nicht mehr umarmen, nicht mehr mit dir lachen, nicht mehr mit dir in einem Bett schlafen, nicht mehr mit dir ein Vollbad nehmen, nicht mehr mit dir einen Film schauen, nicht mehr von dir umarmt werden, dir keinen Kuchen zum Geburtstag backen, dich nicht mehr in der Früh im Bad bewundern, nicht mehr in deinen wunderschönen grünen Augen ertrinken und mich darin zu Hause fühlen, nicht mehr mit dir einen Kaffee am Morgen trinken, nicht mehr mit dir spazieren gehen und nicht mehr mit dir Träume für morgen schmieden. Ich greife ständig ins Leere.

Unser Sohn schaut ein Musikvideo und eine Frau weint fürchterlich und wirft mit Sachen um sich anlässlich einer gerade erlebten Trennung. Er fragt mich: „Mama, war das für dich auch so, als Papa gegangen ist?" Immerhin eines mache ich anscheinend richtig: Mein Sohn ist nicht mit dem Totalschaden konfrontiert, in dem ich mich befinde. Denn zeitweise fühle ich mich auch mehr tot aber lebendig.

Ich möchte mich dafür entschuldigen. Aber bei wem? Wohl bei mir selber. Weil ich genau das nicht geplant hatte. Weil ich so, so viele Jahre an genau diesem Wort so sehr gelitten habe. Und ich hatte so sehr geglaubt, dass dieser eine Punkt gekommen ist, an dem ich all das zurücklassen kann: Schmerz, Leere, Angst. Und ich war ebenso so sehr bereit, dieses neue Leben zu pflegen, zu hegen, zu hüten, aktiv mitzugestalten, mich darum zu kümmern. Ich fühlte mich angekommen und zu Hause und gut in all dem. Ich war so, so dankbar. Das empfand ich jeden Tag. Es verging nicht ein Tag, an dem ich mich nicht auf/ über meine Familie gefreut habe. Und dann crash boom bang. Alles weg. Keine Chance, kein return, nichts. Einfach tschüss und weg. Dazu all die Lügen. Auch das tut so weh. Bin ich so unliebenswürdig, dass man mir nicht aus Respekt und Zuneigung und gemeinsamer Vergangenheit sagen kann, so und so, hör zu, das und das. Stattdessen all die Gemeinheiten. Man fühlte sich nichts wert – wie gar nichts wert. Es macht dünn und ängstlich. Angst vor Vertrauen. Angst vor Menschen, die einem nahekommen. Warum habe ich nie gesehen, was passieren wird? Warum habe ich nie gesehen, wer du wirklich bist? Oder ist es einfach passiert, dir, diese große Veränderung, gab es gar nichts zu übersehen? Wann wird es aufhören, all diese unbeantworteten Fragen im Kopf? Wann wird meine Liebe zu dir verlöschen? Niemals? Was wäre das für ein Los? Oder ist es in Ordnung und richtig, wenn man sagt, „ich liebe dich", dann ist es ehrlich und ehrliche Liebe ist nun mal für immer?

Vorher lebendige, ausgefüllte Wochenenden. Keine Leere, kein Allein-Sein. Heute. Angst vor der Leere. Angst vor Einsamkeit. Wie und wo geht es nun weiter? Wenn auf einmal der Boden unter den Füßen weg ist und doch die Gesetzte der Schwerkraft weiterwirken, wie geht es weiter? Ich will weg von dieser Luftmatratze, die, auf die ich hinausgeworfen wurde, brutal, nahezu durch Misshandlung, die, die nun auf hoher See ist, mit brutalstem Wellengang. Ich will stranden. Ebenso habe ich aber auch Angst davor. Ich will doch nicht noch einmal dem Boden unter meinen Füßen vertrauen. Ich darf eigentlich nur noch mir selber vertrauen. Wie oft und wieviel könnte ich denn wohl noch aushalten? Eine Abschätzung wage ich nicht. Ich muss mich daher selber schützen. Aber ich finde diese Situation nicht schön. Ich will so nicht leben. Ich will lieben. 10 Jahre. So viele Erinnerungen. Überall lauern sie auf und schlagen ohne Vorwarnung plötzlich zu. Geschäfte, Plätze, Lebensmittel, Fernsehsendungen, Fotos, mein Zuhause, Briefe, Erinnerungen.

Ich möchte dir all das sagen. Ich möchte dir auf einem Schlachtfeld begegnen. Dich anbrüllen, mit schmutzigen, nassen Erdklumpen bewerfen. Ich möchte dir meine Fragen stellen können. Ich möchte, dass diese Schlacht keinen Verlierer und keinen Gewinner hat.

Ich möchte dir so sehr und mit so viel Nachdruck sagen, dass DU mich so verletzt hat. Ich möchte das loswerden, weghaben. Ich hasse Schmerzen in mir. Nicht wieder.

Und es ist tatsächlich so: der Mensch, der dir das Schlimmste angetan hat, nur der kann es wiedergutmachen, es beenden, es wegnehmen, dich trösten, dich stärken und neu platzieren. Und Verzeihen und Erlösen kreieren. Bitte tu es.

Was hat das Leben jetzt noch für einen Sinn? Wie kann man Sinn haben, dann ist er weg und plötzlich einfach neuen erfinden? Ich bin nicht so.

Du wusstest es nicht: Doch ich brauchte dich, so, so sehr. Wie soll ich es nur ohne dich schaffen?

Und zugleich ganz viel Wut und neue Zerrissenheit auf einmal. Ich wünschte, es wäre alles nie so gekommen. Ich wünschte, ich hätte dich nicht mit 16 kennen und mit 18 lieben gelernt. Ich wünschte, ich hätte einfach gelebt und könnte nun auf dieses Leben zurückgreifen. Aber wo ist es?

Eigentlich würde ein Eintrag genügen: Everything is still the same.

Als du fortgegangen bist, hast du alles von mir fortgenommen. Und plötzlich liebe ich dich noch um so Vieles mehr, seitdem du fort bist.

KAPITEL 14: MEIN ABSCHIEDSBRIEF AN DICH

Der Mai ist vorbei.

Ich habe nicht an unserem „Hochzeitstag" und auch nicht an unserem „Jahrestag" an uns gedacht. Ebenso ist mir das Datum der Scheidung nicht bekannt. Jedoch das Datum, der Tag, an dem du gegangen bist: 23.05., 14.23h.

Ich habe mich vor dem Mai gefürchtet, wirklich, bis dahin wusste ich nicht, dass man sich vor einem Monat fürchten kann. Er war auch kein schöner Monat. Jetzt jedoch ist Juni, ein neuer Monat. Darüber bin ich froh, es ist wie ein Schritt nach vorne. Und doch ist so Vieles genau gleich, und ich habe auch die „Befürchtung", dass Vieles davon noch lange gleich sein wird.

WIESO WILLST DU MICH NICHT MEHR??? WIESO MACHST DU UNSERE FAMILIE KAPUTT??? WIE KANN UNSERE LIEBE PLÖTZLICH VON HEUTE AUF GESTERN WEG SEIN?? WIESO WIESO WIESO? Schmerzen durch Mark und Bein.

SCHREIEN KÖNNTE ICH!

Oder dass wir nie mehr zusammen, zu dritt, gemeinsam, im Bett schlafen können. Einfach genommen. Weg, für immer.

Heute... ich habe es noch immer nicht geschafft, dich zu vergessen. An manchen Tagen und Nächten, habe ich das Gefühl, du kommst gleich von der Arbeit zurück. Und alles ist wie früher. Dein warmes, liebes Wesen wieder mit und bei uns.

Ich träume von dir.

Ich höre deine Stimme.

Ich vermisse dich unendlich... das ist leider die ganze und traurige Wahrheit.

Ich komme klar damit! Das ist das Positive! Und ich habe mir einfach gedacht... so ist es halt einfach! Wenn man einmal einen Menschen richtig geliebt hat, dann ist es normal und legitim, dass dies auch für den Rest des Lebens, bis zum letzten Atemzug so sein wird. One love. Im Zusammensein oder eben auch nicht.

Es ist okay.

Ich liebe dich – deshalb - eigentlich sehr gerne (auch wenn mir manche Menschen deshalb gerne den Kopf in die Waschmaschine stecken würden). Ich warte nicht auf den Tag, an dem du mir wie am ersten wieder dein Lächeln schenken wirst, ich glaube auch nichts, ich erwarte nichts und ich plane nichts.

Deine Liebe in mir zu tragen, bedeutet für mich mit mir selber im Reinen zu sein, meine Vergangenheit zu lieben und nicht zu bereuen und auch dadurch weitergebende positive Gefühle auf meinen Sohn, dessen Glück ich mich manchmal Schmied fühle und dessen Glück mir das Wichtigste ist auf dieser Welt.

Das klingt gut. Andererseits, wenn ich mir vorstelle, ich bin in einem Zimmer, du auch, das Zimmer hat viele Türen, du wählst eine, gehst raus und diese Türe bleibt für immer geschlossen, ist es sehr hart und es wären wohl extreme Schmerzen, wärest du weg, aus meinem Leben, aus meinem Herzen. Vielleicht ist es auch nur eine gut zurecht gelegte Ausrede, die die Wahrheit bedecken soll, dass ich unsere Trennung, dein Weggehen, einfach bis dato nicht verarbeiten kann.

Ich hoffe natürlich, dass Ersteres die Wahrheit ist.

Ich denke, dass, wenn du mir von Anfang an die Wahrheit gesagt hättest, ich habe mich in eine andere verliebt, stünde ich heute ganz anders da und wäre niemals so verletzt worden. Erst die unnötigen Kämpfe, Glauben, Bangen, Hoffen, ... haben mich zum Teil zerstört.

Zerstört hat mich auch dein Auftreten, das Gefühl, wie egal es ist, dass ich für dich nichts mehr zähle. Das Gefühl, dass die 9 Jahre in deinem Leben einfach nur eine Phase waren, eine Phase, die dir heute gar nichts mehr bedeutet.

Ich komme glaube ich zum Schluss....

Zum Schluss, weil ich dir goodbye sagen muss....

Zum Schluss... was ich dir wünsche...

Ich wünsche dir ein ganz langes, zufriedenes, glückliches, gesundes Leben.

Und ich wünsche mir, dass wir für unseren Sohn nie Feinde sein werden, sondern gemeinsam das, was er braucht: seine Familie.

Und ganz heimlich wünsche ich mir auch, dass auch du diese 10 Jahre irgendwo im Herzen trägst, bzw. zumindest nicht vergisst. Und damit verbunden mich, für dich. Uns.

Der Tag, an dem du gingst, war für mich, als ob du gestorben wärst.

If I
Should stay
I would only be in your way
So I'll go
But I know
I'll think of you every step of
the way
And I...
Will always
Love you, oohh
Will always
Love you
You
My darling you
Mmm-mm
Bittersweet
Memories
That is all I'm taking with me
So good-bye
Please don't cry
We both know I'm not what you
You need
And I...
Will always love you
I...

Will always love you
You, ooh
I hope
life treats you kind
And I hope
you have all you've dreamed of
And I wish you joy
and happiness
But above all this
I wish you love
And I...
Will always love you
I...
Will always love you
I, I will always love
You...
You
Darling I love you
I'll always
I'll always
Love
You.
Oooh
Ooohhh

KAPITEL 15: KLÄGLICHE VERSUCHE

Ich unternahm soo viel, um dich zu vergessen. Und scheiterte jedes Mal trotz enormer Investitionen.

Heute weiß ich: Wo die Aufmerksamkeit ist, da ist die Energie. Ich habe dich so lange so bewusst am Leben gehalten, da DU mein Fokus warst. Auch wenn ich mir sagte „Ich will dich jetzt vergessen", oder „Ich werde dich jetzt vergessen", warst du es, dem ich all meine Aufmerksamkeit und in Folge Energie widmete.

Unsere karmische Verbindung durch eine Seelenheilerin lösen. Dir in der geistigen Welt begegnen und uns durch aufgesagte Sätze voneinander trennen. Familienaufstellungen. Eine astrologische Sitzung, um vermeintlich tieferes Verständnis zu mir Geschehenem zu erfahren. Musikstücke nun mit Texten hören, die mich von dir wegbewegen sollten. Immer wieder meinen Kleiderkasten durchwühlen, nach Kleidungsstücken, die ich mit dir und unserer gemeinsamen Vergangenheit verbinde. Immer wieder, jedes Jahr, vorsichtig einen Teil davon ausmisten und weggeben. Gemeinsam gekaufte Möbelstücke durch neue austauschen, statt dem dunklen Esstisch nun einen freundlicheren, hellen. Statt deinem fetten Männer-Griller einen neuen, den ich selber ganz alleine mir beibringe zu bedienen. Mein Brautkleid verbrennen. Die Wandfarben ändern. Andere Liebelein. Nichts hilft. Gegen das innere Verzehren nach dir.

Doch dann irgendwann habe ich dich zunehmend vergessen. Mit der Zeit hatte ich sogar vergessen, dich vergessen zu wollen beziehungsweise zu müssen. Jetzt wollte ich nichts mehr, forcierte nichts mehr, hatte aufgehört, zu erzwingen. Ich habe nun längst endlich angenommen. Längst endlich aufgehört, mich selber zu verurteilen und in Folge zu bestrafen. Ich habe aufgehört, von dir zu träumen. Ich bin nicht mehr mit Gedanken an dich eingeschlafen und auch nicht damit aufgewacht. Immer mehr Energie wird wieder aktiv, die ich nun nicht mehr nur als Hülle in meine eigenen Projekte stecke. Ich beginne mich immer mehr selber zu lieben und mit jeder mir zugeführten eigenen Liebes-Energie heilen die Wunden von dir und werden zu nicht mehr schmerzenden Narben. Immer mehr Luft wird mir zu eigen. Du hattest mir ein Leben als Raupe geschenkt und mich mit dir genährt. Ich war so abhängig von dir. Als du dann fort warst, war ich in einen tiefen Winterschlaf gefallen und habe in Sicherheit in meinem selbst gebauten Kokon gelebt. Dunkel war es. Doch ich wagte mich noch nicht hinaus. Mit jedem Jahr drang mehr Licht von außen zu mir durch, weil ich meine Augen immer mehr öffnete. Und mein Bedürfnis nach dem Lebensnektar meiner eigenen Entwicklung wurde immer größer. Bis ich schließlich gänzlich und ganz im Fluss ohne Kraftaufwand durchbrach und neue erste Schritte wagte, raus aus meiner Komfortzone, hinein in eine neue Wachstumsphase. Und jetzt sogar mit glitzernden Flügel. Der Sonne entgegen. Dein Schnee auf mir schmilzt, wird zu Wasser und fließt nun mit und im Fluss des Lebens. Dein Schnee hatte nun also keine Chance mehr mitgenommen zu werden. Bis der letzte Schnee von dir auf mir geschmolzen war.

So zart
so dünn
so leicht
und so beschwingt
So schön
„Wie bist du nur so schön?"
„Sieh` genau hin
Ich bin mehr
als ich scheine
Mir sind Flügel gewachsen
die mich tragen
die alles tragen
was ich war
Ich habe es mitgenommen
und doch losgelassen
durch Vertrauen und Mut
Ich akzeptierte
und verwandelte mich
um mich schließlich zu entpuppen
um zu werden

Und das alles zeige ich dir
Wie alles eins ist
gestern, heute und morgen
Sieh` nur genau hin"

Ich liebe dich noch immer und werde dich auch immer lieben. Doch jetzt ist es eine andere Liebe. Vorher war es noch immer dieselbe (bedingende) partnerschaftliche Liebe, die mich mit dir verband. Heute ist es die reine bedingungslose Liebe, die alle Lebewesen in unserem jeweilig tiefsten Kern miteinander verbindet. Heute, nach 10 Jahren, ist es nicht mehr die Liebe, die hofft, bettelt, eifersüchtig ist und träumt, nicht mehr jene, die sich wünscht, dass du zu ihr zurückkommst. Durch dieses Empfinden bin ich heute frei und fühle mich dadurch genauso glücklich, wie in der Zeit mit dir. Es brauchte viele Jahre, bis sich dies so einstellen konnte. Retrospektiv betrachtet verstehe ich heute nicht mehr, warum ich dafür so lange gebraucht habe, da jetzt alles so klar und einfach ist und das bisschen Scham, das dabei auftauchte, musste ich auch erst wieder ablegen. Scham mir selber gegenüber, dass ich es mir selber nicht genug wert war, diesen Mangel an Eigenliebe mit der unerfüllten Liebeserwartung an dich ausgleichen zu wollen. Man möge meinen: Zeit heilt alle Wunden und Punkt. Doch das ist es nicht. Ja, es brauchte Zeit, aber es war nicht die Zeit, die mein Herz wieder heilen ließ. Es war ein harter und steiniger Weg, auf dem alle Emotionen zugelassen und durchlebt wurden, auf dem alle Trauer-Phasen schmerzhaft durchwandert wurden. Ein

Weg, der zugleich aber immer von Liebe, Dankbarkeit und Demut durchflutet war. Ein Weg, auf dem viel an Persönlichkeitsentwicklung (Ent-wicklung) passieren durfte, der dieses Wunder schließlich geschehen ließ. Ich glaubte schon nicht mehr daran. Hatte schon akzeptiert, dass ich dich für immer so lieben werde. Dass ich immer einen potentiellen neuen Partner betrügen würde, da ich immer heimlich dich viel mehr noch liebte. Doch ich bin heute wieder ganz, auch ohne dich. Das Viele in mir ist wieder in Anordnung. Der Schnee auf meiner Haut ist gänzlich geschmolzen und meine Lungen haben wieder genug Luft zum Atmen. Die nicht versendeten Zeilen an dich sind in Dankbarkeit liebevoll zerrissen und verbrannt und unser Kapitel schließe ich nun mit diesen letzten Seiten, längst in Vorfreude auf m e i n e nächsten Kapitel. Spuren von uns wird es immer geben, doch diese liebe ich heute aufrichtig ohne jegliches Mangel-Gefühl. Viele Schritte durfte ich dank deines Gehens ohne dich gehen, Schritte, die ich mit dir wahrscheinlich niemals gegangen wäre. Viele Menschen durfte ich kennenlernen, Menschen, denen ich ohne dich wahrscheinlich niemals begegnet wäre. Durch dein Gehen erst lernte ich mich selber kennen und lieben. Ich danke dir dafür. Ich danke dir für deine Liebe und unser erfülltes gemeinsames Leben und für deine Wahl, von mir zu gehen. Aus der Bilderbuch-Perspektive wäre auch heute noch ein ewiges

Zusammensein in diesem Leben die Happy End-Version. Doch aus heutiger mir zugänglicher tieferer karmischer Sichtweise haben wir unsere Karmalast nun abgetragen. Und ich weiß nun, dass ich dir vor diesem von mir für tieferes Verständnis gewählten Opferleben als Täterin in einem früheren Leben begegnete und dir vermutlich all das zugefügt habe, was du durch dein Handeln in diesem Leben nun ausgeglichen hast. Nun sind wir wieder frei. Und ich bereue nichts.

Du warst mein Spiegel. Ich erkannte nun: Du hast mich betrogen, um mir aufzuzeigen, dass ich mich schon sehr lange selber betrogen hatte. Für dich zu leben bedeutete mich selber zu vernachlässigen, bedeutete, mich selber mit dir zu betäuben, bedeutete einen Stillstand meiner Entwicklung, den du somit aufgehoben hast.